北海道くらしのうた 2

今日は そういう日

Today is such a day.

やすい なお子

寿郎社

もくじ

今日はそういう日

春支度

春まだ遠い
雪深い日に
かじかむ手足をこらえつつ始まる
一年の準備
スコップを入れて雪をかき
ハウスをたてて
食物が育つ大事な寝床づくり
みんなで力を合わせます
一年の良し悪しが決まるので
あったかくなってからでは遅いのです

雪の下の植物たちも動物たちも
今頃準備してるのかなあ

始まりの季節

大きな田んぼをおおう
真っ白いシーツが
するするとはがされて
茶色や緑が見えてくる
うきうきする
そわそわする
何かが始まりそうな
新しい何かがうまれそうな
そんな予感がする
春

冷たい風

分厚い雲間から
透き通った太陽が追いかけてきた
まだ風は冷たく
私の髪を躍らせる
部屋の窓から見える木は
はだかんぼうなままだ
緑の季節はもう少し先のよう

証拠

生きたいから
笑うんだ
生きたいから
泣くんだ
生きたいから
喜ぶんだ
生きたいから
怒るんだ
生きたいから
期待するんだ

生きたいから
臆病になるんだ
生きたいから
自分を責めるんだ
生きたいから
見栄を張るんだ
生きたいから
落ち込むんだ
生きたいから
羨むんだ
生きたいから
騙すんだ
生きたいから
生きたいから
もっともっと

生きたいから
からだいっぱいで
いろんなことを
感じとるんだ
いまの気持ちは
生きたい証拠

不器用

不器用
がいい
人に教えられて
危険を
避けながら
進むより
傷つきながらも
自分で
歩いた道は
なにものにも

変えられない
誰にも
得ることの
できない
私だけの
たからもの

銀河鉄道

こんなに
風の
気持ちいい夜は
陽をあびた
ふとんで
ウトウト……
昨日みた
夢のつづきが夜風とともに
汽笛をならしやってくる
夢のさきへ

空の彼方へ
私を乗せていってくれる

社会ノマド

一度社会に出てしまうと
あっという間に世間に飲み込まれてしまう
次こそはほどほどにやっていこうと思ったのに
あれよあれよという間に奉られ
結局波に乗るはめになってしまう
自分の思いはなかなか届かないのだ
良いことばかり言い連ね
信じ入った会社も蓋を開ければ悪臭が漂う
社会とはそんなものかと
自分のやりたいようにやっていくには

自分の力でやっていくほかないのだと
会社にいるうちは波に飲まれて生きなければいけないのだと
その狭間で揺れ動き
気持ちの悪さを抱えながら支度をせねばならない

まる

まる
を
傷つけるのは
しかく
でも
しかくも
まるくなることがある
しかく
が
まるくなるのは

何度も
まる
と
ぶつかりっこ
するから

輪

自分も
たいせつな
歯車の
ひとつ
どの歯車が
欠けても
まわらない

ぽぽたん

かわいくて
きいろい
お花の
たんぽぽちゃん
かわいい
お花の
その下に
ふかーい
ふかい
根っこを

はってる
掘っても
掘っても
根っこの
先には
たどりつけない
その
かわいさ
からは
想像も
できない
ほどの
誰にも
見せない
強さが

ある
そんな人に
なりたいと
思った

失くしもの

わたしの
心は
すぐに
失くしものを
する

自信や
どこかに
置き忘れて
しまった

想い

その
失くしものを
みつけてくれる
のは
目の前に
いる
あなた
なんだろう

ウルオウ

今日の
こころ
みたいに
空は
雨もよう

たくさん
たくさん
涙を
ながしたなら

大地が
潤うように
自分の
こころや
誰かの
こころも
潤ってくるのかな

春夜風

赤らめた頬を
冷ましながら
歩く
風が気持ちいい
あの人はいま何してるかな
なんて
頭のかたすみで思いながら
歩く
渡る信号が全部青だ
風も信号も

私を後押ししてくれているようで
気持ちいい

それぞれのかたち

彫刻も削る前はただの石
削って削って
思いどおりの形になる
ぶつかってぶつかって
つくっていく
それぞれの
家族というかたちを

地図

また
枕を濡らし
地図をつくってしまう
今日は
中国くらいの大きさで
だれか
私にたどり着く地図
持ってないかな

発芽

イライラするのは
自分で蒔いた種のせい
いつだって
もっとうまく蒔けないものかと
いつだって

伝達屋さん

言ったことの半分も
伝わらない
言われたことの半分も
伝わってこない
きっと
そういうものなんだろう
誰もが伝えきれない
伝達屋さん

愛おしい日々

泣いたり
笑ったり
笑ったり
泣いたり
きっと
そんな毎日が
一番愛おしい

あいさつ

空に
向かって
ひとつ
深呼吸をする
今日も
空に
ありがとう
とつぶやく
どういたしまして
鳥が

こたえてくれた

さんすう

人間だから
どんなに正論を
言われたとしても
割り切れない
感情が
あるんだよ

一日一歩

一日
一日
少しずつ
進む
それでいいよ

ワタシ

何もできてないじゃない
と言う私と
ゆっくり進んでいけばいいのよ
と言うわたし

いちばんの

こんなに
満たされている世界で
一体
何を期待して
何を求めれば
満足するのだろう
見えない世界に向かって
しあわせな明日を夢みて
今日も平凡な一日を過ごす
毎日の平凡な生活が

当たり前の出来事が
当たり前に身の回りにいる人々が
その積み重ねが
そのひとつひとつが
いちばんのしあわせと
気づかずに

認めています

人間って
認めてもらいたい生き物

自分の嫌いな所を
誰かに
そんなことないよって
言ってもらいたい

たとえコンプレックスのかたまりでも
誰かに認めてもらえたなら

生きていける気がするから

でも本当は
嫌いな所
あろうがなかろうが
あなたがここに存在していること

そのことが
みんながあなたを認めていること

なにも言わなくても
あなたがどんなことをしていても
あなたはあなただって認めています

その先

大声で叫びたい日も
大声で泣きたい日も
ある
声にならない声で叫んで
震えるほど泣いて
実感するんだ
生きてるということを
涙を通した
その先の世界はまた
輝いてみえるから

成長

世の中は
思い通りにいかないことばかり
自分の意見が通らなかったり
好意を受け入れられなかったり
誰かの文句を毎日聞いたり
それでも毎日をかみ砕いて
消化していく
それが何か栄養になっているのだろうか
そこからいつの日か
なにかの実が実るんだろうかと

思いながら

描く

いつでも
なんにでも
順位をつけたがるのは
人間の癖なのだろう
それぞれが
それぞれの感性で
心を描けていればいい
咎める人なんて
本当は誰もいないんだよ

五月の夜空

ギャーン　ギャン
悲しみをおびた
キツネの叫び声が聞こえる
五月雨降る寒空

幸福野菜

シュンギク・ニラ・シロナ
もう
うちの野菜が採れた
やっぱり自分ちで育てたものは
おいしい
シュンギクは天ぷら
ニラはお浸し
シロナは漬物
しあわせをかみしめる
春の食卓

よかったよかった

空を見上げると
虹色の雲
なんだかいいことありそう
じいちゃんが一緒にジンギスカン食べよう
と言ってきて
二人でジンギスカン
一緒に食べると美味しいなあ
と、じいちゃん
うちで採れたニラも入れ
ニラが美味いな

もっと採ってくる
と、包丁とザルを持ち外へ出る
甘くて美味しいニラの再登場
採れたて新鮮なニラは箸が進む
あ～良かった
こんなに食べれんと思ってたけど
一緒に食べたから美味しかった
良かったな～
汁を残しといて明日の朝
またニラを採ってきて食べよう
ほんとにニラは美味しいな～
あ～良かった良かった
じいちゃん
私も一緒に食べれて良かったよ

メンドクサイ

人生は
メンドクサイの繰り返し
ひとつのメンドクサイから逃れても
また次のメンドクサイがやって来る
メンドクサイからは一生逃れられない
メンドクサイにきちんと向き合ってきた人こそ
人生の喜びは大きい

五月十七日

ちぎれた雲の間に
目を細めて見る
夕陽
水を張った田んぼに
映る姿が
美しい季節
こぶしも咲き始めた

そんな一人に

誰かが一人
味方でいてくれる
それだけで
救われることがある
ほんの一言
声をかけてくれる
それだけで
救われることがある

ほどく

まっすぐだったはずの一本の糸が
複雑に絡まりあい
かたちを変える
深呼吸して
絡まりを
少しずつ
ほどいていこう
今起きていることは
そんなに複雑なことじゃない

対話

無口な人は
じつは会話が上手だ
自分の心と
ずっと
対話しているから
自分の内なる心に
神経を研ぎ澄ませているから

コモル

やっぱり私は
悩みすぎる
やっぱり私は
考えすぎる
やっぱり
じっとしていると
考えが凝り固まってしまうから
家にこもるのは
好きじゃない

あるく

あるく　あるく
いつもの道を
てくてくあるく
あるいていると
いつもは見えないものが
見えてくる
くるまや
電車に乗ってるときや
人ごみの中では
見えないものが

見えてくる
あるく　あるく
いつもの道を
てくてくあるく
雑草のなかの
きれいな花
名は知らないけど
そんな花の目線に
なって
あるく　あるく
とことこあるく
おおきな木が
おいでおいで
してる
どっしりとした

森の主が
教えてくれる
大地の呼吸
あるく　あるく
ゆっくりあるく
池には
カモがおよいでる
ヒトよりカモは小さいね
カモよりムシは小さいね
それでもみんな仲良しさ
あるく　あるく
はやあしになる
もうすぐ日が沈みそう

自然

あらためて
思った
やっぱり
自然と
ともに
生きて
いきたい
わたしの
こころが
おだやかに

なり
満たされるのも
ワクワク
顔が
にやけて
しまうのも
この
大自然
なしでは
語れない

花火

胸に
響く
夜の華
笑顔
咲かせる
彩りの花
人々の
歓声が
輝きに
変わり

明日の
光
瞳に
映し
家路へ
向かう
半月の夜

なにもない場所

私は
なにもない場所が好き
ただ広くて
ただ大きくて
みんながなにもなくてつまらない
って言う場所が好き
ごちゃごちゃしてる場所は
気持ちの置き場がなくて嫌い
あっちにいったりこっちにいったり
自分の意思とは反対に

行きたくない所へ流されてしまう
静かな所で
すべてを感じ取りたい
なにもない場所は
なんでもある場所だから

クモノス

取っても
取っても
毎朝
ヤツは
テリトリーを
広げ
縦横無尽に
駆け回る
壊しても
壊しても

その
生命力を
まざまざと
見せつけられる
何度
打ちのめされようとも
粘り強く
時には
人に
絡みつく
どんなことも
あきらめず
わたしたちは
もっと
生きることに

貪欲に
なった方が
いい
なんとなく
でも
過ごせる
この
社会を
変えられるのは
君の
心に
張る
蜘蛛の巣

いれもの

自分の
体に
いれるもの
自分の
心に
いれるもの
ファストフードや
コンビニ弁当
食べ続けて
きれいな体が

つくれる？
誰かの悪口
ネガティブな言葉
言い続けて
きれいな
心が
つくれる？
お肌と
おんなじ
毎日の積み重ねが
十年後二十年後の
自分をつくる
いれものは
変えられなくても
いれるものは

変えられる
そのうち
自分に
見合った
うつわが
できる

とびら

受け入れる
ことで
さまざまな
とびらが
ひらく
人の
こころの
入口も
この先の
道の

入口も

優しい時間

ブランコを
こいで
どこまでも
行けそうな
気がした
もっと
遠くへ
もっと
高いところへ
小さいころは

順番待ちで
なかなか乗れなかった
この
時間
独り占めして
空も
雲も
ぜんぶ
ぜんぶ
私のもの

役割当番

みんな
みんな
いきている
こぼした
かき氷の
シロップに
輪になり
群がる
アリたちも
ハエ取り紙に

大量に
くっついている
ハエたちも
見れば
すぐに
殺されてしまう
クモたちも
役割が
あるから
いきている
なんの
役割が
あるんだろなぁ
わたしは
なんの

役割を
する人
かなぁ

正しい

正しいことなんて
きっとない
あの人が言うから
正しいんだと
思ってしまうだけ
そうやっていつも
誰かの言う
正しさに
翻弄されてるだけ
正しいか

正しくないかで
判断するより
自分の心が
喜ぶ方を
選びたい

雄雌

男は
山のように
いつも
そこに
変わらず
どっしりと
かまえ
女は
その上に
浮かぶ

空の
ように
めまぐるしく
表情を
変える

守り

世界を
狭めているのも
つまらなくしているのも
ぜんぶ
じぶん
いったい
何を
守っているの

イレズミ

小さい頃に
入れられた
心のイレズミが
今になって疼き出す
心ごと
移植できたらいいのに

過不足

求める
ってことは
足りない
ってこと
足りない
ってことは
誰かと比べてる
ってこと
誰かと比べてる
ってことは

自分を信じてない
ってこと
じゅうぶんに
満たされてる
と思えば
信じる
ことができる

森の香り

森の
空気を
からだいっぱい
吸い込んだ
からだじゅうを
駆け巡り
あたらしい
わたしの
一部に
なった

ほんとは

うまくやろうと
してるのかな
うまくいかない
って
おもってる
ほんとの
わたしは
もっと
自然体で
いたい

二年前の七月

二年前の七月と
同じ場所に座る
あの時食べたメニューは
もうなくて
あの時とは
色んなことが変わってしまったけれど
絵画のような四角い窓から見える
木々たちは
変わらず風に揺れている

今日はそういう日

今日は
そういう日
と包み込めたらいいよね
なんで今日は雨なの
と空に叫んでも
しかたない
今日は
そういう日
と包み込めたらいいよね
天気も

人も

言葉が

簡単に
伝えられるようになった言葉は
言葉に意味を
持たなくなった
言葉の重みも忘れ
無意味に人を傷つけている
伝えられないもどかしさも
言葉を選ぶ楽しさも
緊張感も
言葉を発する

想いを伝える
その感情が失われてゆく
言葉が
寂しがってるよ

カオナシ

いつまでも
逃げ
や
誰かに
頼ってばっかりじゃ
顔無しの
自分に
なってしまう

わたしもわたしも

みんな
おなじ悩みをもってる
人に言わないだけ
言ってみたら
わたしも
わたしも
こころがほぐれるよ

一緒に

一緒に
ってなんかいいよね
わたしの心に
よりそってくれている気がして
心がじんわりあったかくなる
一緒に
ってすごくいいよ

ツギとハギ

人間って
つぎはぎだらけなのだな

傷ついたり傷つけられたり
穴が空いたりボロボロになったり
破れたり壊れたり

そのたびに
自分でつぎはぎしたり
誰かにつぎはぎしてもらったり

元の姿に戻っていく

目には見えないけれど
あの人もこの人も
たくさんのツギとハギで
できてるよ

午前九時四〇分

青空の黒板に
チョークで描く
飛行機雲

いつかの雨あがりみたいに

雷鳴とどろき
やがて大粒の雨が
激しく地面を打ちつけて
数秒で体がずぶぬれになる
腹の底に響くような
うめき声をあげ
大地にたくさんのしずくを落とす
あんなに暑かった朝が一変して
これでもか　これでもかと
言わんばかりに

激しく強く打ち続ける
そんな日も好きだ

夕方には涼しい風が通りぬけ
いつしか雨はあがっていた
東の空は桃色に染められ
西の空には優しい青
やがてまざりあって
澄んだ水色
夫婦げんかが仲直りしたみたいだ
日が沈み
夜になり
数日後にはペルセウス座流星群
そして新月がやってくる

風がすきだ

このまちの風がすきだ
窓をあければ
せみの声やらかえるの合唱　すず虫の声やら
鳥のさえずり　木々のざわめき
網戸ごしに
心地よい風とともにやってくる
窓をあければ
みんなが私に話しかけてくる
こんにちは　さようなら
また明日

雨の日

雨の日は森へ行こう
傘から伝わる雨音も
雨粒をぷるんとはじき
揺れる葉っぱも
嬉しそう
緑も茶色も
みずみずしく濃く輝く

夕日

いつもの帰り道
今日も一日がんばったねと
労うように
夕日は出でて
人々の生活を
見守るように
ゆっくりと
一日が暮れてゆきます

空を見上げて

下を向いてるから
色んなことを考えちゃうんだよね
上を向いたら
たくさんの風景が
広がってるから
もっと大事なことに気づけるはず
さぁ空を見上げて

詰め込む

あれも欲しい
これも欲しい
あれも手放したくない
これも手放したくない
全部引き出しの中に
詰め込んじゃうから
本当に大事なものが
見つからなくなるんだね

午後三時七分

今日も山がきれいだ
さっきまでの嫌な気持ちが
山ぎわにすーっととけていくのを感じた
生きていると色んなことが起こるけれど
今日も山がきれいだ
そう思える心があれば
十分なんじゃないかと思った
午後三時七分

三日月

曇り空からのぞく星たち
さっきまでやせ細った月が僕を見ていたのに
今は雲のふとんにくるまり
楽しい夢でも見ているのかな
星たちに見守られて
いい夢でも見ているのかな
ひとつずつ　ひとつずつ
明かりを消して

マイペース

自分のペースで
進んでいこう
他人を見ていては
余計遅れをとるばかり
ゆっくり
しっかり
自分の足で
歩んでいこう

本気の本気

いままで
本気の本気で
なにかを
したことなんて
ないのかも
しれない
運動会や
マラソン大会
高校受験に
就職試験

自分の夢

そのときそのとき
がんばっている
つもりではいたけど
がむしゃらに
まわりも見えなくなるくらい
真剣に
金メダルを
ねらう
アスリートの
ようには
生きてこなかったな
生きている
大半の人は

本気の本気に
ならずに
死んでいくのだろうな
自分の人生
いちどくらいは
本気の本気で
生きてみたい

初心

一番はじめに
感じた気持ちを
大切に
都合のいい言い訳は
勝手に
頭が付け足している
心の中に
感じた気持ちを
大切に

八月最後の日

ただ
遠回りでも
あなたと一緒に通った道を
通りたくなった
八月最後の日

秋風

何気ない日常に幸せを感じて
ゆったりとした時間に心は満たされ
今日は今日の音を感じる
誰かの歌う唄はなくとも
今日は今日の音を奏でる
秋風は冷たい音色
薄の揺れる 栗色の

葉の声

秋のそよ風にゆれる木々
ざわめく葉の声
そっちの実は赤いかい?
こっちの実はまぁだだよ

出来秋

窓を開けると 秋のにおい
懐かしき 幼き頃を思い出す
晴れの日も雨の日も 陽がくれてもなお
鳴り響くトラクターと低い声
今年も稲穂はこうべをたれて
ゆうやけ色の笑顔を作る
秋の実りを待つ空に

平等

世の中が
すべて平等だったら
憎しみ合うことは
ないだろうけど
分け合うことも
支え合うことも
ないんだよ

十一月十一日

午後四時にはもう陽が沈んでしまう
夏は七時を過ぎても明るいのにね
自分らしくいられないから
サヨナラしよう
としたのにまだ一緒にいる
あなたに会って
私のなかの黒い部分を知りました
こんなにも猟奇的な私がいることを
隠したい私の部分
誰にも見せてはいけない私

でもそれが本当の私
いい子になろうと繕ってみせているのは
偽りの私で
隠したい黒い部分こそ本当の私
それを隠さずに生きていけたら
もっと自信を持てるのだろうな
私らしくいられない人に
私らしさを教えられた

わが家

近くに
帰れる場所があるって
こんなに
いいもんなんだね
なんだか
あったかくて
明るくて
懐かしい味に
ほっとする
いつでも

帰れる場所があるって
こんなにいいんだ
ありがとう

夕空に

自分の求めるもの
なんて
どこにもない
それは
自分で
作り出すものなんだろう
なんて
雪虫の舞う
夕空に思った

十一月十六日

水たまりが凍った朝
バリンバリンと氷を割りながら歩く
顔を上げれば
茶いろ赤黄みどりの葉
煙突の白い煙りにほっと心があったかくなる
仕事場の隅で暖をとる
火のあたたかさを改めて感じる季節

返しきれない

いま
その人に
むかつくのではなく
いままで
その人に
何をしてもらったか
考えよう
返しても
返しきれないことが
たくさんあるということを

大切なこと

最近のうたを
知らなくても
いい
最近の流行りを
知らなくても
いい
それよりもっと
知るべき
大切なことが
たくさんある

満ち欠け

すべては自分の受け止め方や思い込みで
人を嫌いになったり
こういう人なんだと決めつけてしまう
それはその人の一部であり
すべてではない
誰にもその一部分の要素はある
自分がその一部だけで判断されるのは嫌なのに
他人のことになると
そこしか見えなくなってしまう
月の満ち欠けみたいに

満月のときは
まんまるすべてが明るく見えるのに
欠けていくと
一部分しか見えなくなるんだ

悪人

みんな悪人になりたいわけじゃない
表現の仕方がわからないだけ
表現を間違えているだけ
どこかでねじれてしまっただけ

わたしのからだ

この両の目に
朝日　夕日　満天の星空　花畑を
映すことができる
この両の耳で
風の音　鳥の声　好きな音楽　好きな人の声を
聞き分けることができる

この小さな鼻でも
ごはんの炊けるにおい　ベーコンと卵のにおい　コーヒーのにおいが
入ってくる

ちょっとたらしたしょうゆも
ショートケーキもキムチの漬物も
この口で味わうことができる

この両の手が
猫をなでなでしたり　重い物を運んだり　ものをつくったり　手をつないだり
間接的・直接的に
心や体をあたためることができる

この胸に
朝の澄んだ空気をいっぱいいれて
誰かを抱きしめたり　抱きしめられたり
このお腹のなかでは
わたしを一生懸命動かして元気にしたり　新たな命がうまれたり

この背中で
荷物を背負い　想いを背負い　身近な背中を見て育ち
このお尻は
わたしをやわらかく守ってくれた
この首が
わたしのからだのすべてを支え

この両の足を進ませるほどに
違う景色を見せてくれる
走ったり　自転車をこいだり　ボールを蹴ったり　大地を力強く踏んで
どんなところにも　誰にだって会いにいくことができる

頭はすべてをコントロールして
楽しくなったり　嫌な気持ちになったり　笑ったり　泣いたり　怒ったりして

みんながバランスをとりながら
わたしを動かして
どれかが欠けても大丈夫
みんながそれをおぎなってくれる

ありがとう　ありがとう
わたしのからだ　ありがとう
調子のいい日も　悪い日も
毎日毎日　ありがとう

メッセージ

車を走らせていた
車窓から見える景色
少しずつ変化していく
何かをしててもしていなくても
進んだり戻ったりしながら
季節はいつのまにか進んでいく
冬になりたくないだとか
早く春になりたいだとか
文句も言わず嫌がらずに
毎日少しずつ変わっていく

時には駆け足になったり
立ち止まりながら
それでも四季は繰り返す
繰り返すことに何の疑問も感じることなく
ただ繰り返す
秋になり朽ちていくこともなげかずに
春には花を咲かせる
そんな繰り返し
十字路を曲がると
線路に遮断機が降りていた
遮断機にぶら下がる
「しばらくお待ちください」
いつか必ずその時季が来る
それまで
「しばらくお待ちください」

繰り返す日々への意味となげきと
焦ってしまう自分へのメッセージがそこにあった

葉音

あか
みどり
きいろ
足のうらで
秋の
音を
ふみしめる
心が
はずむ
瞬間

Key

たくさんの
傷が
心をひらく
カギに
なる
いっぱい
キズが
あって
よかった

一歩目

片足で
踏み出した
一歩目
不安で
何もできないんじゃないか
と思ったりする
ふらふらして不安定なのは
片足だけで立ってるから
もう片方の足が
地面につくまで

そう時間はかからない
二歩目がつけば
三歩四歩と歩いてゆける
一歩目が
踏み出せたなら大丈夫
その一歩を
踏み出すことが
何より大切な
大きな一歩

木々の声

ねぇ
知ってた？
木の種類によって
ざわめきの声が
違うんだよ
ちいさい葉っぱは
さらさらさらー
松の葉は
風をぜんぶ通して
ぼうぼうぼうー

針みたいにとがってるから
目を閉じると
心地いい
木々の声

同じ穴の貉

あいつも私も結局同じ穴の貉《ムジナ》なのだった
のらりくらりとその場しのぎの言葉を交わし
誰にも本当の事など言えず
あの人は何を考えているのかよくわからないと言われるのだ
あいつも私も本当の事などない
どうしていいかわからないのだ
だからもっともらしい理由をつけてそこに居るしかない
でもそんな理由などすぐにどうでもよくなる
だから次の場所へ行く
そんな事の繰り返し

本当の事なんてない
ただひとつ理由があるとすれば
私たちは何かを掴みたかっただけなのだ
あるかもしれない何かを
でも本当は自分では何も決められない
誰かが決めてくれればいいと思っているなんて事も
どうすればいいかなんて事も
人に言えない
あいつを批判したり対立したりしても
結局は同じ穴の貉
私は一体どうしたらいいのだろう

初雪よ

初雪よ
今日は降るか
今日は降るか
と空に毎日問うてみる

日常

変わりない日常を過ごす
いつしか忘れてしまった想い
これじゃいけないこのままじゃいけないと
変化や刺激を求めてしまう
ただ変わりない日常を過ごすのが怖かった
何もない自分に気づくのが怖かった
でもそうじゃない
このままで今のままで
今のわたしでじゅうぶん
変わりない日常を

変わりない私を
愛することから
また毎日を始めよう

誠実誠意

人と誠実に向き合うということ
人に誠意を尽くすということ
嫌になったらハイさよなら
そんなことを繰り返し
罪悪感を感じつつも
今までやり過ごしてきた
今まで私にかけてくれた時間
私にかけてくれた思いやり優しさ
そんなの当たり前だというように
ひとりでやってきたような顔で

簡単に人を裏切ってきた
でもわかったんだ
嫌なことをきちんと味わうということをしたから
気づいたんだ
自分にかけてくれた人の恩義をきちんと受け止める
受け入れる
そうすれば嫌なことがあっても大丈夫
みんなが守ってくれるから
敵が味方になる瞬間
人と誠実に向き合うということ
人に誠意を尽くすということ
すべてのことに感謝の気持ちがあふれてくる
信頼関係が結ばれる
これから少しずつ返していきたい
結んでいきたい

敵を味方に縁を繋いで

食べる

当たり前のことを
当たり前にやるということ
それだけで
心が満たされる
寝る食べる働く
でもめんどくさいから適当に食べる
そうするとお腹は満たされても心は満たされない
そんなことを毎日繰り返し
不満と不安は募っていく
母に学ぶ食の大切さ

しっかり食べるきちんと食べる

歯車

歯車は
ちょっとずつずれているから
うまく回るんだ
正しくないと思われることを正すことは
いいことだとは限らない
すべてを正してぴったりにしたら
歯車は回らない
ちょっとおかしくても
ちょっとずれてる方が
うまく回る

変な正義感を持つより
目をつぶる勇気を

初雪

まっさらな道に
線を引いていく
私が一番乗り
今年の初雪は
嬉しいけれど
ちょっとせつない
早く君に会いたいよ

時短

世の中は
時短時短と言うけれど
時間を削るたび
心が削られていってるような気がするよ
時短をして
その時間で何ができたんだい

宇宙

この広い地球で
どんな失敗して
落ち込んだって
宇宙からみたら
ほんのかすり傷にもならない
失敗するだけ
失敗して
もがけるだけ
もがけばいい
かっこ悪いのも

ほんの一瞬のできごと

日々

満足にできることなど
何ひとつなく
ごはんとみそ汁を
ただ毎日切らさずに
ときどき朝日を見て
ああ幸せと生きている
ただそれだけでいい

雪

真っ白な空は
スローモーションで
ふわり
ふわり
僕らの心に
降ってくる
慌ただしく
管理された
地上での
できごとなんて

まるで
おかまいなしで
ひとつ
ひとつ
あったかい結晶が
みんなの心に
染みていけばいいのに

風向き

風はいつも
同じ方向に
吹いてるわけじゃない

だから
今が向かい風だって
大丈夫
そのうち
風向きが変わるから
そのうち

背中を押してくれるから

生績—きせき—

心臓が
何十年も
一秒たりとも
止まらずに
動き続けてる
これだけで
すごいこと
生きてるって
すごいこと

己味

人間は
漬物じゃないんだから
そうやって
ぎゅーぎゅーって
上から
押さえ付けられても
いい味なんて出ないよ
フタなんて
取っ払って
想いのままに

のびのびと
自分の味を出せばいい

シン

自分
という
個体は
一生
自分で
変わらずに
死にゆく
変わりゆくもの
あれど
変わらない

一本の
芯を
左胸に

優しく

人は
みんな優しい
優しい人だなぁ
と思っていると
どんな人でも
優しさがみえてくる
人は
優しくできている

自力

与えられたものが
なんであろうと
最終的に
頼れるのは
自分しかいない

きみとぼく

きみの
甘えと
ぼくの
ひとりよがり
たしてわったら
ちょうどよく
なるのにね

積雪

冬に積もった雪が
徐々にとけていくように
人の心も
少しずつ少しずつとけていく
少しずつ少しずつわかりあえてゆく
冬の間たくさん積もった雪が
そんなに急にはとけないように

言葉のちから

たった一言で
落ち込んだりもするけれど
たった一言で
嘘のように元気にもなれる
やっぱり
言葉のちからはすごい

いびつ

自分だって
いびつなのに
いびつな人を見ると
正したくなるの
どうしてだろうね
自分だけは
正方形だって
思ってるのかな

半年後

この悩みも
半年後にはきっと
忘れているんだろうな
と思ったら
少しだけ愛おしくなった

私の中の小人

私はいつも
自分の中のちいさな自分に
やられるのだ
心の中に生まれるちっぽけな感情が
大きく膨らみ
私の体中を支配して
動けなくしてしまう
誰のせいでもない
私のせい
そんな小さな感情に

大きく揺さぶられている私は
ネアンデルタール人から
人間になっている途中だ

だけど

そんなに胸張って生きてる人なんて
いないってこと
だから不安になっても大丈夫

永遠のテーマ

言いたいことが
言えなくても
いいよ
泣いて
自分を責めても
いいよ
それも自分

三月

いやだいやだと
駄々をこね
暴れ回る子供のように
木々を揺らし
家を揺らし
地面の雪を吹き飛ばし
人々の身を縮めさせ
春になるのはいやだと
ごねている
お空の将軍さま

そうかいそうかい
わかったよ
春はまだまだ先のよう

役割

傷つくたびに
心は痛く
その傷に向き合うことは苦しいけれど
またひとつ
同じ痛みを持つ人の
気持ちをわかってあげられる
私はきっと
そんな役割を持つ人なんだ

出会いと別れ

出会っては別れ　出会っては別れ
みんな私の前を通り過ぎていく
ただ通り過ぎていくだけのそんな出会いに
何の意味があるのだろう
みんないつかは離れていく

ふと私に語りかけてくる
誰かの言葉や
行動を思い出す
それらが

私を元気づけ
前に進ませたり
踏みとどまらせたりする
付き合いが短いから何もないということでもなくて
長いから良いというわけでもなくて
わずかな時間でも
心を通わすことができた出会いには
意味があるのだ
はじめまして
から
さようなら
の間が
どのくらいかなんて
誰にもわからない
そこから一緒に生きていける人は

ほんのわずかなのだろう

雨水

雪が雨に変わってきた
雪の上に降る雨は
ぼたぼたと
積もった雪にしみこんでいく
少しずつ少しずつ　とけていく雪は
水になり
川に流れていく
ひばりの声が聞こえてくるのはいつかなあ
たんぽぽが
ふきのとうが

顔を出すのはいつかなあ
あたたかい春の日差しを
背中に感じるのはいつかなあ

あとがき

「今日はそういう日」は私が十年間、弱い自分を奮い立たせるために書きためたものの中から、特に心にとめておきたいというものを選びました。

なかば使命感のように、その時にしか感じられない気持ちを忘れないように残しておかなければ、と今も書きつづっています。


近頃はとても生きづらいと感じています。

そんな中、少しでも心が軽くなる、穏やかになる、楽しい嬉しいという、ささやかな気持ちを自分の心の中に見つけることができたなら、少しは生きやすくなるのではと思いました。

そして、自分の頭で考え、意見を持ち、行動する、ということの重要性も感じています。

誰もが心の中に持っているであろうその人なりのささやかな喜びや楽しみを、この詩集から見いだしてもらうことができて、たとえ嫌なことがあったとしても「今日はそういう日」と受け止め、明日への活力にしていただくことができたなら、とても嬉しく思います。

本を出版するにあたり、私と寿郎社をつなげてくださったイマイカツミさん、そして私の十年の想いをこのようなかたちに仕上げてくださいました土肥寿郎社長、さらに富良野の自然とそこに棲む動植物や出会ってきた人々のすべてに深く感謝を申し上げます。

二〇一六年七月

やすいなお子

やすい なお子 YASUI Naoko

1982年、北海道中富良野町生まれ。現在、富良野市在住。
フリーター・夢ロゴアートインストラクター。
趣味・カフェめぐり、自然の声を聴く、書道、写真など。
日々の気づきや小さな幸せをあつめて言葉をつづっています。
第一詩集『一番前のまえならえ』(2007年、ありなゆんの筆名で)。

今日《きょう》はそういう日《ひ》
[北海道くらしのうた 2]

発　行　2016年(平成28年)8月30日　初版第1刷
著　者　やすいなお子
発行者　土肥寿郎
発行所　有限会社寿郎社
〒060-0807
北海道札幌市北区北7条西2丁目37山京ビル
電話011-708-8565　FAX011-708-8566
e-mail　doi@jurousha.com
URL　http://www.jurousha.com/
郵便振替　02730-3-10602

ブックデザイン　タカハシヒロエ

印刷・製本　藤田印刷株式会社

落丁・乱丁はお取り替えいたします。ISBN978-4-902269-90-1 C0092